新版
小学语文同步阅读

花之歌
HUA ZHI GE

（黎巴嫩）纪伯伦 著
冰心 译

长江出版传媒 | 长江文艺出版社

图书在版编目（CIP）数据

花之歌 /（黎巴嫩）纪伯伦著；冰心译. —— 武汉：
长江文艺出版社，2023.6
 ISBN 978-7-5702-3102-7

Ⅰ. ①花… Ⅱ. ①纪… ②冰… Ⅲ. ①散文诗—诗集
—黎巴嫩—现代 Ⅳ. ①I378.25

中国国家版本馆CIP数据核字(2023)第070290号

花之歌
HUA ZHI GE

责任编辑：黄海阔　　　　　　　　责任校对：毛季慧
封面设计：天行云翼·宋晓亮　　　　责任印制：邱 莉 杨 帆

出版：长江出版传媒　　长江文艺出版社
地址：武汉市雄楚大街268号　　邮编：430070
发行：长江文艺出版社
http://www.cjlap.com
印刷：武汉科源印刷设计有限公司

开本：640毫米×970毫米　　1/16　　印张：6.75　　插页：4页
版次：2023年6月第1版　　　　　2023年6月第1次印刷
字数：52千字

定价：22.00元

版权所有，盗版必究（举报电话：027—87679308　87679310）
（图书出现印装问题，本社负责调换）

目录

1　花之歌

沙与沫

5　沙与沫

先　知

63　船的来临

70　爱

74　施与

78　饮食

80　欢乐与悲哀

82　衣服

84 罪与罚

89 法律

92 理性与热情

94 苦痛

96 自知

98 友谊

100 时光

102 善恶

105 美

花之歌

我是大自然的话语，大自然说出来，又收回去，藏在心间，然后又说一遍……

我是星星，从苍穹坠落在绿茵中。

我是诸元素之女；冬将我孕育，春使我开放，夏让我成长，秋令我昏昏睡去。

我是亲友之间交往的礼品，我是婚礼的冠冕，我是生者赠予死者最后的祭献。

清早，我同晨风一道将光明欢迎；傍晚，我又与群鸟一起为它送行。

我在原野上摇曳，使原野风光更加旖旎；我在清风中呼吸，使清风芬芳馥郁。我微睡时，黑夜星空的千万颗亮晶晶的眼睛对我察看；我醒来时，白昼的那只硕大无朋的独眼向我凝视。

　　我饮着朝露酿成的琼浆,听着小鸟的鸣啭、歌唱;我婆娑起舞,芳草为我鼓掌。我总是仰望高空,对光明心驰神往;我从不顾影自怜,也不孤芳自赏。而这些哲理,人类尚未完全领悟。

沙与沫

沙与沫

我永远在沙岸上行走,

在沙土和泡沫的中间。

高潮会抹去我的脚印,

风也会把泡沫吹走。

但是海洋和沙岸

却将永远存在。

我曾抓起一把烟雾。

然后我伸掌一看,哎哟,烟雾变成一个虫子。

我把手握起再伸开一看,手里却是一只鸟。

我再把手握起又伸开,在掌心里站着一个容颜忧郁、向天仰首的人。

我又把手握起，当我伸掌的时候，除了烟雾以外，一无所有。

但是我听到了一支绝顶甜柔的歌曲。

仅仅在昨天，我认为我自己只是一个碎片，无韵律地在生命的穹苍中颤抖。

现在我晓得，我就是那穹苍，一切生命都是在我里面有韵律地转动的碎片。

他们在觉醒的时候对我说："你和你所居住的世界，只不过是无边海洋的无边沙岸上的一粒沙子。"

在梦里我对他们说："我就是那无边的海洋，大千世界只不过是我的沙岸上的沙粒。"

只有一次把我窘得哑口无言，就是当一个人问我"你是谁"的时候。

想到神的第一个念头是一个天使。

说到神的第一个字眼是一个人。

我们是有海洋以前千万年的扑腾着、飘游着、追求着的生物，森林里的风把语言给予了我们。

那么我们怎能以昨天的声音来表现我们心中的远古年代呢？

斯芬克斯只说过一次话。斯芬克斯说："一粒沙子就是一片沙漠，一片沙漠就是一粒沙子。现在再让我们沉默下去吧。"

我听到了斯芬克斯的话，但是我不懂得。

我看到过一个女人的脸，我就看到了她所有的还未生出的儿女。

一个女人看了我的脸，她就认得了在她生前已经死去的我的历代祖宗。

我想使自己完满起来。但是除非我能变成一个上面住着理智的生物的星球，此外还有什么可能呢？

这不是每一个人的目标吗？

一粒珍珠是痛苦围绕着一粒沙子所建造起来的庙宇。

是什么愿望围绕着什么样的沙粒，建造起我们的躯体呢？

当神把我这块石子丢在奇妙的湖里的时候，我以无数的圈纹扰乱了它的表面。

但是当我落到深处的时候，我就变得十分安静了。

给我静默，我将向黑夜挑战。

当我的灵魂和肉体由相爱而结婚的时候，我就得到了重生。

从前我认识一个听觉极其锐敏的人，但是他不能说话。在一场战役中他丧失了舌头。

现在我知道在这伟大的沉默来到以前，这个人打过的是什么样的仗。我为他的死亡而高兴。

这广阔的世界对我们两个人也是不够大的。

我在埃及的沙土上躺了很久，沉默着，而且忘却了季节。

然后太阳把生命给了我,我起来,在尼罗河岸上行走。

和白天一同唱歌,和黑夜一同做梦。

现在太阳又用一千只脚在我身上践踏,让我再在埃及的沙土上躺下。

但是,请看一个奇迹和一个谜吧!

那个把我聚集起来的太阳,不能把我打散。

我依旧挺立着,我以稳健的步履在尼罗河岸上行走。

记忆是相会的一种形式。
忘记是自由的一种形式。

我们依据无数太阳的运转来测定时间;
他们以他们口袋里的小小的机器来测定时间。
那么请告诉我,我们怎能在同一的地点和同一的时间相会呢?
对于从银河的窗户里下望的人,空间就不是地球与太阳之间的空间了。

人性是一条光河,从永久以前流到永久。

难道在"以太"里居住的精灵,不妒羡世人的痛苦吗?

在到圣城去的路上,我遇到另一位香客,我问他:"这条就是到圣城去的路吗?"

他说:"跟我来吧,再有一天一夜就到达圣城了。"

我就跟随他。我们走了几天几夜,还没有走到圣城。

使我惊讶的是,他带错了路,反而对我大发脾气。

神呵,让我做狮子的猎物,要不就让兔子做我的猎物吧。

除了通过黑夜的道路,人们不能到达黎明。

我的房子对我说:"不要离开我,因为你的过去住在这里。"

道路对我说："跟我来吧，因为我是你的将来。"

我对我的房子和道路说："我没有过去，也没有将来。如果我住下来，我的住中就有去；如果我去，我的去中就有住。只有爱和死才能改变一切。"

当那些睡在绒毛上面的人所做的梦，并不比睡在土地上的人的梦更美好的时候，我怎能对生命的公平失掉信心呢？

奇怪得很，对某些娱乐的愿望，也是我的痛苦的一部分。

曾有七次我鄙视了自己的灵魂：

第一次是在她可以上升而却谦让的时候。

第二次是我看见她在瘸者面前跛行的时候。

第三次是让她选择难易，而她选了易的时候。

第四次是她做错了事，却安慰自己说别人也同样做错了事。

第五次是她容忍了软弱，而把她的忍受称为坚强。

第六次是当她轻蔑一个丑恶的容颜的时候，却不知道那是她自己的面具中之一。

第七次是当她唱一首颂歌的时候,自己相信这是一种美德。

我不知道什么是绝对的真理。但是我对于我的无知是谦虚的,这其中就有了我的荣誉和报酬。

在人的幻想和成就中间有一段空间,只能靠他的热望来通过。

天堂就在那边,在那扇门后,在隔壁的房里;但是我把钥匙丢了。

也许我只是把它放错了地方。

你瞎了眼睛,我是又聋又哑,因此让我们握起手来互相了解吧。

一个人的意义不在于他的成就,而在于他所企求成就的东西。

我们中间,有些人像墨水,有些人像纸张。

若不是因为有些人是黑的话,有些人就成了哑巴。

若不是因为有些人是白的话，有些人就成了瞎子。

给我一只耳朵，我将给你以声音。

我们的心才是一块海绵；我们的心怀是一道河水。

然而我们大多宁愿吸收而不肯奔流，这不是很奇怪吗？

当你想望着无名的恩赐，怀抱着无端的烦恼的时候，你就真和一切生物一同长大，升向你的大我。

当一个人沉醉在一个幻象之中，他就会把这幻象的模糊的情味当作真实的酒。

你喝酒为的是求醉；我喝酒为的是要从别种的醉酒中清醒过来。

当我的酒杯空了的时候，我就让它空着；但当它半满的时候，我却恨它半满。

一个人的实质，不在于他向你显露的那一面，而在于他所不能向你显露的那一面。

因此，如果你想了解他，不要去听他说出的话，而要去听他的没有说出的话。

我说的话有一半是没有意义的；我把它说出来，为的是也许会让你听到其他的一半。

幽默感就是分寸感。

当人们夸奖我多言的过失，责备我沉默的美德的时候，我的寂寞就产生了。

当生命找不到一个歌唱家来唱出她的心情的时候，她就产生一个哲学家来说出她的心思。

真理是长久被人知道的，有时被人说出的。

我们的真实的我是沉默的，后天的我是多嘴的。

我的生命内的声音达不到你的生命内的耳朵；但是为了避免寂寞，就让我们交谈吧。

当两个女人交谈的时候,她们什么话也没有说;当一个女人自语的时候,她揭露了生命的一切。

青蛙也许会叫得比牛更响,但是它们不能在田里拉犁,也不会在酒坊里牵磨,它们的皮也做不出鞋来。

只有哑巴才妒忌多嘴的人。

如果冬天说,"春天在我的心里",谁会相信冬天呢?

每一粒种子都是一个愿望。

如果你真的睁起眼睛来看,你会从每一个形象中看到你自己的形象。
如果你张开耳朵来听,你会在一切声音里听到你自己的声音。
真理是需要我们两个人来发现的:一个人来讲说

它，一个人来了解它。

虽然言语的波浪永远在我们上面喧哗，而我们的深处却永远是沉默的。

许多理论都像一扇窗户，我们通过它看到真理，但是它也把我们同真理隔开。

让我们玩捉迷藏吧。你如果藏在我的心里，就不难把你找到。但是如果你藏到你的壳里去，那么任何人也找不到你的。

一个女人可以用微笑把她的脸蒙了起来。

那颗能够和欢乐的心一同唱出欢歌的忧愁的心，是多么高贵呵。

想了解女人，或分析天才，或想解答沉默人的神秘，就是那个想从一个美梦中挣扎醒来坐到早餐桌上的人。

我愿意同走路的人一同行走。我不愿站住看着队伍走过。

对于服侍你的人,你欠他的还不只是金子。把你的心交给他或是服侍他吧。

没有,我们没有白活。他们不是把我们的骨头堆成堡垒了吗?

我们不要挑剔计较吧。诗人的心思和蝎子的尾巴,都是从同一块土地上光荣地升起的。

每一条毒龙都产生出一个屠龙的圣乔治来。

树木是大地写上天空中的诗。我们把它们砍下造纸,让我们可以把我们的空洞记录下来。

如果你要写作(只有圣人才晓得你为什么要写作),你必须有知识、艺术和魔术——字句的音乐的知识,不矫揉造作的艺术，和热爱你读者的魔术。

他们把笔蘸在我们的心怀里，就认为他们已经得了灵感了。

如果一棵树也写自传的话，它不会不像一个民族的历史。

如果我在"写诗的能力"和"未写成诗的欢乐"之间选择的话，我就要选那欢乐。因为欢乐是更好的诗。
但是你和我所有的邻居，都一致地说我总是不会选择。

诗不是一种表白出来的意见。它是从一个伤口或是一个笑口涌出的一首歌曲。

言语是没有时间性的。在你说它或是写它的时候，应该懂得它的特点。

诗人是一个退位的君王,坐在他的宫殿的灰烬里,想用残灰捏出一个形象。

诗是欢乐、痛苦和惊奇穿插着词汇的一场交道。

一个诗人要想寻找他心里诗歌的母亲的话,是徒劳无功的。

我曾对一个诗人说:"不到你死后我们不会知道你的评价。"

他回答说:"是的,死亡永远是个揭露者。如果你真想知道我的评价,那就是我心里的比舌上的多,我所愿望的比手里现有的多。"

如果你歌颂美,即使你是在沙漠的中心,你也会有听众。

诗是迷醉心怀的智慧。

智慧是心思里歌唱的诗。

如果我们能够迷醉人的心怀，同时也在他的心思中歌唱，

那么他就真个地在神的影中生活了。

灵感总是歌唱；灵感从不解释。

我们常为使自己入睡而对我们的孩子唱催眠的歌曲。

我们的一切字句，都是从心思的筵席上散落下来的残屑。

思想对于诗往往是一块绊脚石。

能唱出我们的沉默的，是一个伟大的歌唱家。

如果你嘴里含满了食物，你怎能歌唱呢？

如果你手里握满金钱，你怎能举起祝福之手呢？

他们说夜莺唱着恋歌的时候，把刺扎进自己的

心膛。

我们也都是这样的。不这样,我们还能歌唱吗?

天才只不过是晚春开始时节知更鸟所唱的一首歌。

连那最高超的心灵,也逃不出物质的需要。

疯人作为一个音乐家并不比你我逊色,不过他所弹奏的乐器有点失调而已。

在母亲心里沉默着的诗歌,在她孩子的唇上唱了出来。

没有不能圆满的愿望。

我和另外一个我,从来没有完全一致过。事物的实质似乎横亘在我们中间。

你的另外一个你总是为你难过。但是你的另外一个你就在难过中成长;那么就一切都好了。

除了在那些灵魂熟睡、躯壳失调的人的心里之外，灵魂和躯壳之间是没有斗争的。

当你达到生命的中心的时候，你将在万物中甚至于在看不见美的人的眼睛里，也会找到美。

我们活着只为的是去发现美。其他一切都是等待的种种形式。

撒下一粒种子，大地会给你一朵花。向天祝愿一个梦想，天空会给你一个情人。

你生下来的那一天，魔鬼就死去了。你不必经过地狱去会见天使。

许多女子借到了男子的心；很少女子能占有它。

如果你想占有，你千万不可要求。

当一个男子的手接触到一个女子的手的时候，他俩都接触到了永在的心。

爱情是情人之间的面幕。

每一个男子都爱着两个女人：一个是他想象的作品，另外一个还没有生下来。

不肯原谅女人的细微过失的男子，永远不会欣赏她们伟大的德性。

不日日自新的爱情，变成一种习惯，而终于变成奴役。

情人只拥抱了他们之间的一种东西，而没有互相拥抱。

恋爱和疑忌是永不交谈的。

爱情是一个光明的字，被一只光明的手写在一张光明的册页上的。

友谊永远是一个甜柔的责任，从来不是一种机会。

如果你不在所有的情况下了解你的朋友，你就永远不会了解他。

你的最华丽的衣袍是别人织造的；

你的最可口的一餐是在别人的桌上吃的；

你的最舒适的床铺是在别人的房子里的。

那么请告诉我，你怎能把自己同别人分开呢？

你的心思和我的心怀将永远不会一致，除非你的心思不再居留于数字中，而我的心怀不再居留在云雾里。

除非我们把语言减少到七个字，我们将永不会互相了解。

我的心，除了把它敲碎以外，怎能把它打开呢？

只有深哀和极乐才能显露你的真实。

如果你愿意被显露出来,你必须在阳光中裸舞,或是背起你的十字架。

如果自然听到了我们所说的知足的话语,江河就不去寻求大海,冬天就不会变成春天。

如果她听到我们所说的一切吝啬的话语,我们有多少人可以呼吸到空气呢?

当你背向太阳的时候,你只看到自己的影子。

你在白天的太阳面前是自由的,在黑夜的星辰面前也是自由的;

在没有太阳,没有月亮,没有星辰的时候,你也是自由的。

就是在你对世上一切闭起眼睛的时候,你也是自由的。

但是你是你所爱的人的奴隶,因为你爱了他。

你也是爱你的人的奴隶,因为他爱了你。

我们都是寺院门前的乞丐，当国王进出寺院门的时候，我们每人都分受到恩赏。

但是我们都互相妒忌，这是轻视国王的另一种方式。

你不能吃得多过你的食欲。那一半食粮是属于别人的，而且也还要为不速之客留下一点面包。

如果不为待客的话，所有的房屋都成了坟墓。

和善的狼对天真的羊说："你不光临寒舍吗？"

羊回答说："我们将以造访贵府为荣，如果贵府不是在你肚子里的话。"

我把客人拦在门口说："不必了，在出门的时候再擦脚吧，进门的时候是不必擦的。"

慷慨不是你把我比你更需要的东西给我，而是你把你比我更需要的东西也给了我。

当你施与的时候你当然是慈善的,在授予的时候要把脸转过一边。这样就可以不看那受者的羞赧。

最富与最穷的人的差别,只在于一整天的饥饿和一个钟头的干渴。

我们常常从我们的明天预支了来偿付我们昨天的债负。

我也曾受过天使和魔鬼的造访,但是我都把他们支走了。

当天使来的时候,我念一段旧的祷文,他就厌烦了;

当魔鬼来的时候,我犯一次旧的罪过,他就从我面前走过了。

总的说来,这不是一所坏监狱;我只不喜欢在我的囚房和隔壁囚房之间的这堵墙;

但是我对你保证,我决不愿责备狱吏和建造这监狱的人。

你向他们求鱼而却给你毒蛇的那些人，也许他们只有毒蛇可给。那么在他们一方面就算是慷慨的了。

欺骗有时成功，但它往往自杀。

当你饶恕那些从不流血的凶手，从不窃盗的小偷，不打诳语的说谎者的时候，你就真是一个宽大的人。

谁能把手指放在善恶分野的地方，谁就是能够摸到上帝圣袍的边缘的人。

如果你的心是一座火山的话，你怎能指望会从你的手里开出花朵来呢？

多么奇怪的一个自欺的方式！有时我宁愿受到损害和欺骗，好让我嘲笑那些以为我不知道我是被损害、欺骗了的人。

对于一个扮作被追求者的角色的追求者，我该怎么说他呢？

让那个把脏手擦在你衣服上的人，把你的衣服拿走吧。他也许还需要那件衣服，你却一定不会再要了。

兑换商不能做一个好园丁，真是可惜。

请你不要以后天的德行来粉饰你的先天的缺陷。我宁愿有缺陷，这些缺陷归我所有。

有多少次我把没有犯过的罪都拉到自己身上，为了让人家在我面前感到舒服。

就是生命的面具，也都是更深的奥秘的面具。
你可能只根据自己的了解去判断别人。
现在告诉我，我们里头谁是有罪的，谁是无辜的。
真正公平的人就是对你的罪过感到应该分担的人。

只有白痴和天才，才会去破坏人造的法律，他们离上帝的心最近。

只在你被追逐的时候，你才快跑。

我没有仇人，上帝啊！如果我会有仇人的话，
就让他和我势均力敌，
只让真理做一个战胜者。

当你和敌人都死了的时候，你就会和他十分友好了。

一个人在自卫的时候可能自杀。

很久以前一个"人"，因为过于爱别人，也因太可爱了，而被钉在十字架上。

说来奇怪，昨天我碰到他三次。

第一次是他恳求一个警察不要把一个失足女人关到监牢里去；第二次是他和一个无赖一块喝酒；第三次是

他在教堂里和一个法官拳斗。

如果他们所谈的善恶都是正确的话，那么我的一生只是一个长时间的犯罪。

怜悯只是半个公平。

过去唯一对我不公平的人，就是那个我曾对他的兄弟不公平的人。

当你看见一个人被带进监狱的时候，你在心中默默地说："也许他是从更狭小的监狱里逃出来的。"

当你看见一个人喝醉了的时候，你在心中默默地说："也许他想躲避某些更不美好的事物。"

在自卫中我常常憎恨；但是如果我是一个比较坚强的人，我就不必使用这样的武器。

用唇上的微笑来遮掩眼里的憎恨的人，是多么愚蠢啊！

只有在我以下的人，能忌妒我或憎恨我。

我从来没有被忌妒或被憎恨过，我不在任何人之上。

只有在我以上的人，能称赞我或轻蔑我。

我从来没有被称赞或被轻蔑过，我不在任何人之下。

你对我说"我不了解你"，这就是过分地赞扬了我，无故地侮辱了你。

当生命给我金子而我给你银子的时候，我还自以为慷慨，这是多么卑鄙呵！

当你达到生命心中的时候，你会发现你不高过罪人，也不低于先知。

奇怪的是，你竟可怜那脚下慢的人，而不可怜那心里慢的人。

可怜那盲于目的人，而不可怜那盲于心的人。

瘸子不在他敌人的头上敲断他的拐杖，是更聪明些的。

那个认为从他的口袋里给你，可以从你心里取回的人，是多么糊涂呵！

生命是一支队伍。迟慢的人发现队伍走得太快了，他就走出队伍；
快步的人又发现队伍走得太慢了，他也走出队伍。

如果世上真有罪孽这件东西的话，我们中间有的人是跟着我们祖先的脚踪，倒退着造孽。

有的人是管制着我们的儿女，赶前地造孽。

真正的好人，是那个和所有的大家认为坏的人在一起的人。

我们都是囚犯，不过有的是关在有窗的牢房里，有的就关在无窗的牢房里。

奇怪的是，当我们为错误辩护的时候，我们用的气力比我们捍卫正确时还大。

如果我们互相供认彼此的罪过的话，我们就会为大家并无新创而互相嘲笑。

如果我们都公开了我们的美德的话，我们也将为大家并无新创而大笑。

一个人是在人造的法律之上，直到他犯了抵触人造的惯例的罪；

在此以后，他就不在任何人之上，也不在任何人之下。

政府是你和我之间的协定。你和我常常是错误的。

罪恶是需要的别名，或是疾病的一种。

还有比意识到别人的过失还大的过失吗？

如果别人嘲笑你，你可以怜悯他；但是如果你嘲笑他，你决不可自恕。

如果别人伤害你，你可以忘掉它；但是如果你伤害了他，你须永远记住。

实际上别人就是最敏感的你，附托在另一个躯壳上。

你要人们用你的翅翼飞翔而却连一根羽毛也拿不出的时候，你是多么轻率呵。

从前有人坐在我的桌上，吃我的饭，喝我的酒，走时还嘲笑我。

以后他再来要吃要喝，我不理他；

天使就嘲笑我。

憎恨是一件死东西，你们有谁愿意做一座坟墓？

被杀者的光荣就要他不是凶手。

人道的保护者是在它沉默的心怀中，从不在它多言的心思里。

他们认为我疯了，因为我不肯拿我的光阴去换金钱；
我认为他们是疯了，因为他们以为我的光阴是可以估价的。

他们把最昂贵的金子、银子、象牙和黑檀排列在我们的面前，我们把心胸和气魄排列在他们的面前。
而他们却自称为主人，把我们当作客人。

我宁可做人类中有梦想和有完成梦想的愿望的、最渺小的人，而不愿做一个最伟大的、无梦想、无愿望的人。

最可怜的人是把他的梦想变成金银的人。

我们都在攀登自己心愿的高峰。如果另一个登山者偷了你的粮袋和钱包，而把粮袋装满了，钱包也加重了，你应当可怜他；

这攀登将为他的肉体增加困难，这负担将加长他的路程。

如果在你消瘦的情况下，看到他的肉体膨胀着往上爬，帮他一步。这样做会增加你的速度。

你不能超过你的了解去判断一个人，而你的了解是多么浅薄呵。

我决不去听一个征服者对被征服的人的说教。

真正自由的人是忍耐地背起奴隶的负担的人。

千年以前，我的邻人对我说："我恨生命，因为它只是一件痛苦的东西。"

昨天我走过一座坟园，我看见生命在他的坟上跳舞。

自然界的竞争不过是混乱渴望着秩序。

孤寂是吹落我们枯枝的一阵无声的风暴；

但是它把我们活生生的根芽，更深地送进活生生的大地的活生生的心里。

我曾对一条小溪谈到大海，小溪认为我只是一个幻想的夸张者；

我也曾对大海谈到小溪，大海认为我只是一个低估的诽谤者。

把蚂蚁的忙碌捧得高于蚱蜢的歌唱的眼光，是多么狭仄呵！

这个世界里的最高德行，在另一个世界也许是最低的。

深和高在直线上走到深度和高度；只有广阔能在圆周里运行。

如果不是因为我们有了重量和长度的观念，我们站在萤火光前也会同在太阳面前一样的敬畏。

一个没有想象力的科学家，好像一个拿着钝刀和旧秤的屠夫。

但既然我们不全是素食者，那么你该怎么办呢？

当你歌唱的时候，饥饿的人就用他的肚子来听。

死亡和老人的距离并不比和婴儿的距离更近，生命也是如此。

假如你必须直率地说的话，就直率得漂亮一些；要不就沉默下来，因为我们邻近有一个人快死了。

人间的葬礼也可能是天上的婚筵。

一个被忘却的真实可能死去，而在它的遗嘱里留下七千条的实情实事，作为料理丧事和建造坟墓之用。

实际上我们只对自己说话，不过有时我们说得大声一点，使得别人也能听见。

显而易见的东西是：在被人简单地表现出来之前，从不被人看到的。

假如银河不在我的意识里，我怎能看到它或了解它呢？

除非我是医生群中的一个医生，他们不会相信我是一个天文学家的。

也许大海给贝壳下的定义是珍珠。
也许时间给煤炭下的定义是钻石。

荣名是热情站在阳光中的影子。

花根是鄙弃荣名的花朵。

在美之外没有宗教，也没有科学。

我所认得的大人物的性格中都有些渺小的东西；就是这些渺小的东西，阻止了懒惰、疯狂或者自杀。

真正伟大的人是不压制人也不受人压制的人。

我决不因为那个人杀了罪人和先知，就相信他是中庸的。

容忍是和高傲狂害着相思的一种病症。

虫子是会弯曲的，但是连大象也会屈服，不是很奇怪吗？

一场争论可能是两个心思之间的捷径。

我是烈火，我也是枯枝，一部分的我消耗了另一部分的我。

我们都在寻找圣山的顶峰；假如我们把过去当作一张图表而不作为一个向导的话，我们的路程不是可以缩短吗？

当智慧骄傲到不肯哭泣，庄严到不肯欢笑，自满到不肯看人的时候，就不成为智慧了。

如果我把你所知道的一切，把自己填满的话，我还能有余地来容纳你所不知道的一切吗？

我从多话的人那里学到了静默，从褊狭的人那里学到了宽容，从残忍的人那里学到了仁爱，但奇怪的是我对于这些老师并不感激。

执拗的人是一个极聋的演说家。

忌妒者的沉默是太吵闹了。

当你达到你应该了解的终点的时候,你就处在你应该感觉的起点。

夸张是发了脾气的真理。

假如你只能看到光所显示的,只能听到声所宣告的,
那么实际上你没有看,也没有听。
一件事实是一条没有性别的真理。

你不能同时又笑又冷酷。

离我心最近的是一个没有国土的国王和一个不会求乞的穷人。

一个羞赧的失败比一个骄傲的成功还要高贵。

在任何一块土地上挖掘你都会找到珍宝,不过你应该以农民的信心去挖掘。

一只被二十个骑士和二十条猎狗追逐着的狐狸说："他们当然会打死我。但他们准是很可怜很笨拙的。假如二十只狐狸骑着二十头驴子带着二十只狼去追打一个人的话，那真是不值得的。"

是我们的心思屈服于我们自制的法律之下，我们的精神是从不屈服的。

我是一个旅行者，也是一个航海者，我每天在我的灵魂中发现一个新的王国。

一个女人抗议说："当然那是一场正义的战争。我的儿子在这场战争中牺牲了。"

我对生命说："我要听死亡说话。"
生命把自己的声音提高一点说："现在你听到他说话了。"

当你解答了生命的一切奥秘，你就渴望死亡，因为它不过是生命的另一奥秘。

生与死是勇敢的两种最高贵的表现。

我的朋友，你和我对于生命将永远是个陌生者，
我们彼此也是陌生者，对自己也是陌生者，
直到你要说、我要听的那一天，
把你的声音作为我的声音；
当我站在你的面前，觉得我是站在镜前的时候。

他们对我说："你能自知，你就能了解所有的人。"
我说："只有我寻求所有的人，我才能自知。"

一个人有两个我，一个在黑暗里醒着，一个在光明中睡着。

隐士是遗弃了一部分世界，使他可以无惊无扰地享受着整个世界。

在学者和诗人之间伸展着一片绿野；如果学者走过去，他就成了圣贤；如果诗人走过来，他就成了先知。

昨天我看见哲学家们把他们的头颅装在篮子里，在市场上高声叫卖："智慧，卖智慧咯！"

可怜的哲学家！他们必须出卖他们的头来喂养他们的心。

一个哲学家对一个清道夫说："我可怜你，你的工作又苦又脏。"

清道夫说："谢谢你，先生。请告诉我，你做什么工作？"

哲学家回答说："我研究人的心思、行为和愿望。"

清道夫一面扫街一面微笑着说："我也可怜你。"

听真理的人并不弱于讲真理的人。

没有人能在需要与奢侈之间划一条界线。只有天使能这样做，天使是明智而热切的。

也许天使就是我们在太空中的更高尚的思想。

在托钵僧的心中找到自己的宝座的是真正的王子。

慷慨是超过自己能力的施与，自尊是少于自己需要的接受。

实际上你不欠任何人的债。你欠所有的人一切的债。

从前生活过的人现在都和我们一起活着。我们中间当然没有人愿意做一个慢客的主人。

想望得最多的人活得最长。

他们对我说："十鸟在树不如一鸟在手。"
我却说："一鸟一羽在树胜过十鸟在手。"
你对那根羽毛的追求，就是脚下生翼的生命；不，它就是生命的本身。

世界上只有两个元素，美和真；美在情人的心中，真在耕者的臂里。

伟大的美俘虏了我，但是一个更伟大的美居然把我从掌握中释放了。

美在想望它的人的心里比在看到它的人的眼里，放出更明亮的光彩。

我爱慕那对我倾诉心怀的人，我尊重那对我披露梦想的人。但是为什么在服侍我的人面前，我却腼腆，甚至于带些羞愧呢？

天才曾以能侍奉王子为荣。
现在他们以侍奉贫民为荣。

天使们晓得，有过多的讲实际的人，就着梦想者眉间的汗，吃他们的面包。

风趣往往是一副面具。你如能把它扯了下来,你将发现一个被激恼了的才智,或是在变着戏法的聪明。

聪明把聪明归功于我,愚钝把愚钝归罪于我。我想他俩都是对的。

只有自己心里有秘密的人才能参透我们心里的秘密。

只能和你同乐不能和你共苦的人,丢掉了天堂七个门中的一把钥匙。

是的,世界上是有涅槃;它是在把羊群带到碧绿的牧场的时候,在哄着你孩子睡觉的时候,在写着你的最后一行诗句的时候。

远在体验到它们以前,我们就已经选择了我们的欢乐和悲哀了。

忧愁是两座花园之间的一堵墙壁。

当你的欢乐和悲哀变大的时候,世界就变小了。

愿望是半个生命,淡漠是半个死亡。

我们今天的悲哀里最苦的东西,是我们昨天的欢乐的回忆。

他们对我说:"你必须在今生的欢娱和来世的平安之中做个选择。"

我对他们说:"我已选择了今生的愉快和来世的安宁。因为我心里知道那最伟大的诗人只写过一首诗,而这首诗是完全合乎音节韵律的。"

信仰是心中的绿洲,思想的骆驼队是永远走不到的。

当你求达你的高度的时候，你将想望，但要只为想望而想望；你应为饥饿而热望；你应为更大的干渴而渴望。

假如你对风泄露了你的秘密，你就不应当去责备风对树林泄露了秘密。

春天的花朵是天使们在早餐桌上所谈论的冬天的梦想。

鼬鼠对月下香说："看我跑得多快，你却不能走，也不会爬。"

月下香对鼬鼠说："嘻，最高贵的快腿，请你快快跑开吧！"

乌龟比兔子更能多讲些道路的情况。

奇怪的是没有脊骨的生物都有最坚硬的壳。

话最多的人是最不聪明的人，在一个演说家和一个拍卖人之间，几乎没有分别。

你应该感谢，因为你不必靠着父亲的名望或伯叔的财产来生活。

但是最应感谢的是，没有人必须靠着你的名誉或财产来生活。

只在一个变戏法的人接不到球的时候，他才能吸引我。

忌妒我的人在不知不觉之中颂扬了我。

在很久的时间内，你是你母亲睡眠里的一个梦，以后她醒来把你生了下来。

人类的胚芽是在你母亲的愿望里。

我的父母愿意有个孩子，他们就生下我。
我要母亲和父亲，我就生下了黑夜和海洋。

有的儿女使我们感到此生不虚,有的儿女为我们留下终天之憾。

当黑夜来了而你也阴郁的时候,就坚决地阴郁着躺了下去。

当早晨来了而你还感觉阴郁的时候,就站起来,坚决地对白天说:"我还是阴郁的。"

对黑夜和白天扮演角色是愚蠢的。

他俩都会嘲笑你。

雾里的山岳不是丘陵;雨中的橡树也不是垂柳。

看哪,这一个似非而是的论断:深和高是比"折中"和"两可"更为相近。

当我一面明镜似的站在你面前的时候,你注视着我,看到了自己的形象。

然后你说:"我爱你。"

但是实际上你爱的是我里面的你。

当你以爱邻为乐的时候,它就不是美德了。

不时常涌溢的爱就往往死掉。

你不能同时又有青春又有关于青春的知识。
因为青春忙于生活,而顾不得去了解;而知识为着要生活,而忙于自我寻求。

你有时坐在窗边看望过往行人。望着望着,你也许看见一个尼姑向你右手边走来,一个妓女向你左手边走来。
你也许无心地说出:"这一个是多么高洁,那一个又是多么卑贱。"
假如你闭起眼睛静听一会,你会听到太空中有个声音低语说:"这一个在祈祷中寻求我,那一个在痛苦中寻求我。在各人的心灵里,都有一座供奉我的心灵的庵堂。"

每隔一百年，拿撒勒的耶稣就和基督徒的耶稣在黎巴嫩山中的花园里相会。他们作了长谈。每次当拿撒勒的耶稣向基督徒的耶稣道别的时候，他都说："我的朋友，我恐怕我们两人永远、永远也不会一致。"

求上帝喂养那些穷奢极欲的人吧！

一个伟大的人有两颗心：一颗心流血，另一颗心宽容。

如果一个人说了并不伤害你或任何人的谎话，为什么你不在心里说，他堆放事实的房子是太小了，搁不下他的胡想，他必须把胡想留待更大的地场。

在每扇关起的门后，都有一个用七道封皮封起的秘密。

等待是时间的蹄子。

假如困难是你东墙上的一扇新开的窗户，那你怎么办呢？

和你一同笑过的人，你可能把他忘掉；但是和你一同哭过的人，你却永远不忘。

在盐里面一定有些出奇的神圣的东西。它也在我们的眼泪里和大海里。

我们的上帝在他慈悲的干渴里，会把我们——露珠和眼泪——都喝下去。

你不过是你的大我的一个碎片，一张寻求面包的嘴，一只盲目的、为一张干渴的嘴举着水杯的手。

只要你从种族、国家和自身之上，升起一腕尺，你就真成了神一样的人。

假如我是你，我决不在低潮的时候去抱怨大海。

船是一只好船，我们的船主是精干的；只不过是你的肚子不合适就是了。

我们想望而得不到的东西，比我们已经得到的东西总要宝贵些。

假如你能坐在云头上，你就看不见两国之间的界线，也看不见庄园之间的界石。

可惜的是你不能坐在云头上。

七百年以前有七只白鸽，从幽谷里飞上高山的雪峰。七个看到鸽子飞翔的人中，有一个说："我看出第七只鸽子的翅膀上，有一个黑点。"

今天这山谷里的人们，就说飞上雪山顶峰的是七只黑鸽。

在秋天，我收集起我的一切烦恼，把它们埋在我的花园里。

四月又到,春天来同大地结婚,在我的花园里开出与众花不同的美丽的花。

我的邻人们都来赏花,他们对我说:当秋天再来,该下种子的时候,你把这些花种分给我们,让我们的花园里也有这些花好不好呢?

假如我向人伸出空手而得不到东西,那当然是苦恼;但是假如我伸出一只满握的手,而发现没有人来接受,那才是绝望呢。

我渴望着来生,因为在那里我将看到我的未写出的诗和未画出的画。

艺术是从自然走向无穷的一步。
艺术作品是一堆云雾雕塑成的一个形象。

连那把荆棘编成王冠的双手,也比闲着的双手强。

我们最神圣的眼泪,永不寻求我们的眼睛。

每一个人都是已往的每一个君王和每一个奴隶的后裔。

如果耶稣的曾祖知道在他里面隐藏着的东西的话，他不会对自己肃然起敬吗？

犹大的母亲对她儿子的爱，会比玛利亚对耶稣的爱少些吗？

我们的弟兄耶稣还有三桩奇迹没有在经书上记载过：第一件是他是和你我一样的人；第二件是他有幽默感；第三件是他知道他虽然被征服，而却是一个征服者。

钉在十字架上的人，你是钉在我的心上；穿透你双手的钉子，穿透了我的心壁。

明天，当一个远方人从各各他①走过的时候，他不会知道这里有两个人流过血。

---

① 各各他，耶稣蒙难处，见《圣经·新约·马可福音》。

他还以为那是一个人的血。

他也许听说过那座福山。
它是我们世上最高的山。
一旦你登上顶峰,你就只有一个愿望,那就是往下走入最深的峪谷里,和那里的人民一同生活。
这就是这座山叫作福山的原因。

我的每一个禁闭在表情里的念头,我必须用行为去释放它。

先知

船的来临

当代的曙光,被选而被爱戴的亚墨斯达法,在阿法利斯城中等候了十二年,等他的船到来,好载他归回他生长的岛上去。

在第十二年绮露收获之月的第七天,他出城登上山顶,向海凝望。他看见了他的船在烟雾中驶来。

他的心扉砉然地开了,他的喜乐在海面飞越。他合上眼,在灵魂的严静中祷告。

但当他下山的时候,忽然一阵悲哀袭来,他心里想:

我怎能这般宁静地走去而没有些忧哀?不,我要精神上不受创伤地离此城郭。

在这城围里,我度过了悠久的痛苦的日月和孤寂的深夜。谁能撇下这痛苦与孤寂,没有一些悼惜?

在这街市上,我曾撒下过多的零碎的精神,在这山中也有过多的赤裸着行走的我所爱怜的孩子,离开他们,我不能不觉得负担与痛心。

这不是今日我脱弃了一件衣裳,乃是我用自己的手撕下了一块自己的皮肤。

也不是我遗弃了一种思想,乃是遗弃了一颗用饥和渴做成的甜蜜的心。

然而我不能再迟留了。

那召唤万物来归的大海,也在召唤我,我必须登舟了。

因为,若是停留下来,我的归思,在夜间虽仍灼热奋发,渐渐地却要冰冷变石了。

我若能把这里的一切都带了去,何等的快乐呵,但是我又怎能呢?

声音不能把付给他翅翼的舌头和嘴唇带走。他自己必须寻求"以太"。

鹰鸟也必须撇下窝巢,独自地飞过太阳。

现在他走到山脚,又转面向海,他看见他的船徐徐地驶入湾口,那些在船头的舟子,正是他的故乡人。

于是他的精魂向着他们呼唤,说:
弄潮者,我的老母的孩儿,

有多少次你们在我的梦中浮泛。现在你们在我更深的梦中,也就是我苏醒的时候驶来了。

我已准备好要去了,我的热望和帆篷一同扯满,等着风来。

我只要在这静止的空气中,再呼吸一口气,我只要再向后抛掷热爱的一瞥,

那时我要站在你们中间,一个航海者群中的航海者。

还有你,这无边的大海,无眠的慈母,

只有你是江河和溪水的宁静与自由。

这溪流只还有一次的转折,一次林中的潺湲,

然后我要到你这里来,无量的涓滴归向这无量的海洋。

当他行走的时候,他看见从远处有许多男女离开田园,急速地赶到城边来。

他听见他们叫着他的名字,在阡陌中彼此呼唤,报告他的船来临。

他对自己说:

别离的日子能成为会集的日子么?

我的薄暮实在可算是我的黎明么?

那些放下了耕田的犁耙,停止了榨酒的轮儿的人们,我将给他们什么呢?

我的心能成为一棵累累结实的树,可以采撷了分给他们么?

我的愿望能奔流如泉水,可以倾满他们的杯么?

我是一个全能者的手可以弹奏的琴,或是一管全能者可以吹弄的笛么?

我是一个寂静的寻求者,在寂静中,我发现了什么宝藏,可以放心地布施呢?

倘若这是我收获的日子,那么,在何时何地我曾撒下了种子呢？

倘若这确是我举起明灯的时候，那么，灯内燃烧着的火焰，不是我点燃的。

空虚黑暗的我将举起我的灯，

守夜的人将要添上油，也点上火。

这些是他口中说出的，还有许多没有说出的存在心头，因为他说不出自己心中更深的秘密。

他进城的时候，众人都来迎接，齐声地向他呼唤。

城中的长老走上前来说：

你还不要离开我们。

在我们的朦胧里，你是正午的潮音，你青春的气度，给我们以梦想。

你在我们中间不是一个异乡人，也不是一个客人，乃是我们的儿子及亲挚的爱者。

不要使我们的眼睛因渴望你的脸面而酸痛。

一班道人和女冠对他说：

不要让海波在这时把我们分开，使你在我们中间度过的岁月成了一个回忆。

你曾是一个在我们中间行走的神灵，你的影儿曾明光似的照亮我们的脸。

我们深深地爱着你。不过我们的爱没有声响，而又被轻纱蒙着。

但现在他要对你呼唤，要在你面前揭露。

除非临到了别离的时候，"爱"永远不会知道自己的深浅。

别的人也来向他恳求。

他没有答话。他只低着头，靠近他的人看见他的泪落在袜上。

他和众人慢慢地向殿前的广场走去。

有一个名叫爱尔美差的女子从圣殿里出来，她是一个预言者。

他以无限的温蔼注视着她，因为她是在他第一天进这城里的时候，最初寻找他相信他的人中之一。

她庆贺他,说:

上帝的先知,至高的探求者,你曾常向远处寻望你的航帆。

现在你的船儿来了,你必须归去。

你对于那回忆的故乡,和你更大愿望的居所的渴念,是这样的深切;我们的爱,不能把你系住,我们的需求,也不能把你拘留。

但在你别离以前,我们要请你对我们讲说真理。

我们要把这真理传给我们的孩子,他们也传给他们的孩子,绵绵不绝。

在你的孤独里,你曾守卫我们的白日;在你的清醒里,你曾倾听我们睡梦中的哭泣与欢笑。

现在请把我们的"真我"披露给我们,告诉我们你所知道的关于生和死中间的一切。

他回答说:

阿法利斯的民众呵,除了那现时在你们灵魂里激荡的之外,我还能说什么呢?

爱

于是爱尔美差说:请给我们谈爱。

他举头望着民众,他们一时静默了。他用洪亮的声音说:

当爱向你们召唤的时候,跟随着他,

虽然他的路程艰险而陡峻。

当他的翅翼围卷你们的时候,屈服于他,

虽然那藏在羽翮中间的剑刃也许会伤毁你们。

当他对你们说话的时候,信从他,

虽然他的声音也许会把你们的梦魂击碎,如同北风吹荒了林园。

爱虽给你加冠,他也要将你钉在十字架上。他虽栽培你，他也刈剪你。

他虽升到你的最高处，抚惜你在日中颤动的枝叶，

他也要降到你的根下，摇动你的根柢的一切关节，使之归土。

如同一捆稻粟，他把你束聚起来。

他舂打你使你赤裸。

他筛分你使你脱壳。

他磨碾你直至洁白。

他揉搓你直至柔韧。

然后他送你到他的圣火上去，使你成为上帝圣筵上的圣饼。

这些都是爱要给你们做的事情，使你知道自己心中的秘密，在这知识中你便成了"生命"心中的一屑。

假如你在你的疑惧中，只寻求爱的和平与逸乐，

那不如掩盖你的裸露，而躲过爱的筛打，而走入那没有季候的世界。在那里你将欢笑，却不是尽量地笑悦；你将哭泣，却没有流干眼泪。

爱除自身外无施与，除自身外无接受。

爱不占有，也不被占有。

因为爱在爱中满足了。

当你爱的时候，你不要说，"上帝在我的心中"，却要说，"我在上帝的心里"。

不要想你能导引爱的路程，因为若是他觉得你配，他就导引你。

爱没有别的愿望，只要成全自己。

但若是你爱，而且需求愿望，就让以下的做你的愿望罢：

溶化了你自己，像溪流般对清夜吟唱着歌曲。

要知道过度温存的痛苦。

让你对于爱的了解毁伤了你自己；

而且甘愿地、喜乐地流血。

清晨醒起，以喜飏的心来致谢这爱的又一日；

日中静息,默念爱的浓欢;

晚潮退时,感谢地回家;

然后在睡时祈祷,因为有被爱者在你的心中,有赞美之歌在你的唇上。

施 与

于是一个富人说：请给我们谈施与。

他回答说：

你把你的产业给人，那只算给了一点。

当你以身布施的时候，那才是真正的施与。

因为你的财产，岂不是你存留保守着的东西，恐怕"明日"或许需要它们么？

但是"明日"，那过虑的犬，随着香客上圣城去，却把骨头埋在无痕迹的沙土里，"明日"能把什么给它呢？

除了需要的本身之外，需要还忧惧什么呢？

当你在井泉充溢的时候愁渴，那你的渴不是更难解么？

有人有许多财产，却只把一小部分给人——他们为求名而施与，那潜藏的欲念，使他们的礼物不完美。

有人只有一点财产，却全部都给人。

这些相信生命和生命的丰富的人，他们的宝柜总不空虚。

有人喜乐地施与，那喜乐就是他们的酬报。

有人痛苦地施与，那痛苦就是他们的洗礼。

也有人施与了，而不觉出施与的痛苦，也不寻求快乐，也不有心为善；

他们的施与，如同那边山谷里的桂花，香气浮动在空际。

从这些人的手中，上帝在说话；在他们的眼后，上帝在俯对大地微笑。

因请求而施与的，固然是好，而未受请求，只因默喻而施与的，是更好了；

对于乐善好施的人，去寻求需要他帮助的人的快乐，比施与还大。

有什么东西是你必须保留的呢？

必有一天，你的一切都要交付出来；

趁现在施与罢，这施与的时机是你自己的，而不是你的后人的。

你常说："我要施与，却只要舍给那些配受施与者。"

你果园里的树木和牧场上的羊群，却不这样说。

他们为要生存而施与，因为保留就是毁灭。

凡是配接受白日和黑夜的人们，都配接受你施与的一切。

凡配在生命的海洋里啜饮的，都配在你的小泉里舀满他的杯。

还有什么德行比接受的勇气、信心和善意还大呢？

有谁能使人把他们的心怀敞露，把他们的狷傲揭开，使你能看出他们赤裸的价值和无惭的骄傲？

先省察你自己是否配做一个施与者，是否配做一个施与的器皿。

因为实在说，那只是生命给予生命——你以为自己是施主，其实也不过是一个证人。

你们接受的人们——你们都是接受者——不要掮起报恩的重担，恐怕你们要把轭加在你们自己和施者的身上。

不如与施者在礼物上一齐展翅飞腾；

因为过于思量你们的欠负，就是怀疑了那以慈悲的大地为母、以上帝为父的人的仁心。

饮　食

一个开饭店的老人说：请给我们谈饮食。

他说：

我恨不得你们能借着大地的香气而生存，如同植物受着阳光、空气的供养。

既然你们必须杀生为食，而且从新生的动物口中，夺它的母乳来止渴，那就让它成为一个敬神的礼节罢，

让你的肴馔摆在祭坛上，那是丛林中和原野上的纯洁清白的物品，为更纯洁清白的人们而牺牲的。

当你杀生的时候，心里对它说：

"在宰杀你的权力之下，我同样地也被宰杀，我也要同样地被吞食。

那把你送到我手里的法律，也要把我送到那更伟大者的手里。

你和我的血都不过是浇灌天树的一种液汁。"

当你咬嚼着苹果的时候，心里对它说：

"你的子核要在我身中生长，

你来世的嫩芽要在我心中萌苗，

你的芳香要成为我的气息，

我们要终年的喜乐。"

在秋天，你在果园里摘葡萄榨酒的时候，心里说：

"我也是一座葡萄园，我的果实也要摘下榨酒。

和新酒一般，我也要被收存在永生的杯里。"

在冬日，当你斟酒的时候，你的心要对每一杯酒歌唱，

让那曲成为一首纪念秋天和葡萄园以及榨酒之歌。

欢乐与悲哀

于是一个妇人说：请给我们讲欢乐与悲哀。

他回答说：

你的欢乐，就是你的去了面具的悲哀。

连你那涌溢欢乐的井泉，也常是充满了你的眼泪。

不然又怎样呢？

悲哀的创痕在你身上刻得越深，你越能容受更多的欢乐。

你的盛酒的杯，不就是那曾在陶工的窑中燃烧的坯子么？

那感悦你的心神的笛子，不就是曾受尖刀挖刻的木管么？

当你欢乐的时候，深深地内顾你的心中，你就知道只不过是那曾使你悲哀的，又在使你欢乐。

当你悲哀的时候，再内顾你的心中，你就看出实在是那曾使你喜悦的，又在使你哭泣。

你们有些人说："欢乐大于悲哀。"也有人说："不，悲哀是更大的。"

我却要对你们说，他们是不能分开的。

他们一同来到，当这个和你同席的时候，要记住那个正在你床上酣眠。

真的，你似天平般悬在悲哀与欢乐之间。

只在盘中空洞的时候，你才能静止、持平。

当守库者把你提起来，称他的金银的时候，你的哀乐就必须升降了。

衣　服

于是一个织工说：请给我们谈衣服。

他回答说：

你们的衣服掩盖了许多的美，却遮不住丑恶。

你们虽在衣服里可寻得隐秘的自由，却也寻得橛饰与羁勒了。

我恨不得你们多用皮肤，而少用衣服去迎接太阳和风，

因为生命的气息是在阳光中，生命的把握是在风里。

你们中有人说：那纺织衣服给我们穿的是北风。

我也说：对的，是北风，

但他的机杼是可羞的,那使筋肌软弱的是他的线缕。

当他的工作完毕时,他在林中喧笑。

不要忘却,"羞怯"只是遮挡"不洁"的眼目的盾牌。

在"不洁"完全没有了的时候,"羞怯"不就是心上的桎梏与束缚么?

也别忘了大地是欢喜和你的赤脚接触,风是希望和你的头发相戏的。

罪与罚

于是本城的法官中,有一个走上前来说:请给我们谈罪与罚。

他回答说:

当你的灵性随风飘荡的时候,

你孤零而失慎地对别人也就是对自己犯了过错。

为着所犯的过错,你必须去叩那受福者之门,要被怠慢地等待片刻。

你们的神性像海洋;

他永远纯洁不染。

又像"以太",他只帮助有翼者上升。

你们的神性也像太阳;

他不知道田鼠的径路，也不寻找蛇虺的洞穴。

但是你们的神性，不是独居在你们里面。

在你们里面，有些仍是"人性"，有些还不成"人性"，

他只是一个未成形的侏儒，睡梦中在烟雾里蹒跚，自求觉醒。

我现在所要说的，就是你们的人性。

因为那知道罪与罪的刑罚的，是他，而不是你的神性，也不是烟雾中的侏儒。

我常听见你们论议到一个犯了过失的人，仿佛他不是你们的同人，只像是个外人，是个你们的世界中的闯入者。

我却要说连那圣洁和正直的，也不能高过于你们每人心中的至善，

所以那奸邪和懦弱的，也不能低过于你们心中的极恶。

如同一片树叶，除非得了全树的默许，方能独自变黄，

所以那作恶者，若没有你们大家无形中的怂恿，也不会作恶。

如同一个队伍，你们一同向着你们的神性前进。

你们是道，也是行道的人。

当你们中有人跌倒的时候，他是为了他后面的人而跌倒，是一块绊脚石的警告。

是的，他也为他前面的人而跌倒，因为他们的步履虽然又快又稳，却没有把那绊脚石挪开。

还有这个，虽然这些话会重压你的心：
被杀者对于自己的被杀，不能不负咎，
被劫者对于自己的被劫，不能不受责。
正直的人，对于恶人的行为，也不能算无辜，
清白的人，对于罪人的过错，也不能算不染。
是的，罪犯往往是被害者的牺牲品，
刑徒更往往为那些无罪无过的人担负罪责，
你们不能把至公与不公、至善与不善分开，
因为他们一齐站在太阳面前，如同织在一起的黑线和白线。

黑线断了的时候，织工就要视察整块的布，也要察看那机杼。

你们中如有人要审判一个不忠诚的妻子，

让他也拿天平来称一称她丈夫的心，拿尺来量一量他的灵魂。

让鞭挞"扰人者"的人，先察一察那"被扰者"的灵性。

你们如有人要以正义之名，砍伐一棵恶树，让他先察看树根；

他一定能看出那好的与坏的，能结实与不能结实的树根，都在大地的沉默的心中，纠结在一处。

你们这些愿持公正的法官，

你们怎样裁判那忠诚其外而盗窃其中的人？

你们又将怎样惩罚一个肉体受戮，而在他自己是心灵泯灭的人？

你们又将怎样控告那在行为上刁猾、暴戾，

而在事实上也是被威逼、被虐待的人呢？

你们又将怎样责罚那悔心已经大于过失的人？

忏悔不就是那你们所喜欢奉行的法定的公道么？

然而你们却不能将忏悔放在无辜者身上，也不能将他从罪人心中取出。

不期然地他要在夜中呼唤，使人们醒起，反躬自省。

你们这些愿意了解公道的人，若不在大光明中视察一切的行为，你们怎能了解呢？

只在那时，你们才知道那直立与跌倒的，只是一个站在"侏儒性的黑夜"与"神性的白日"的黄昏中的人，

也要知道那大殿的角石，并不高于那最低的基石。

法　律

于是一个律师说：可是，我们的法律怎么样呢，夫子？

他回答说：

你们喜欢立法，

却也更喜欢犯法。

如同那在海滨游戏的孩子，勤恳地建造了沙塔，然后又嬉笑地将它毁坏。

但是当你们建造沙塔的时候，海洋又送许多的沙土上来，

等你们毁坏那沙塔的时候，海洋又与你们一同哄笑。

真的，海洋常和天真的人一同哄笑。

可是对于那班不以生命为海洋，不以人造的法律为沙塔的人，又当如何？

对于那以生命为岩石，以法律为可随意刻石的凿子的人，又当如何？

对于那憎恶舞者的跛人，又当如何？

对于那喜爱羁轭，却以林中的麋鹿为流离颠沛的小牛的人，又当如何？

对于自己不能蜕脱，却把一切蛇豸称为赤裸无耻的老蛇的人，又当如何？

对于那早赴婚筵，饱倦归来，却说"一切筵席都是违法，那些设筵的人都是犯法者"的人，又当如何？

对于这些人，除了说他们是站在日中以背向阳之外，我能说什么呢？

他们只看见自己的影子。他们的影子，就是他们的法律。

太阳对于他们，不只是一个射影者么？

承认法律，不就是佝偻着在地上寻迹阴影么？

你们只向着阳光行走的人,那种地上的映影,能捉住你们么?

你们这乘风遨游的人,那种风信旗能指示你们的路程么?

如果你们不在任何人的囚室门前,敲碎你们的镣铐,那种人造的法律能束缚你们么?

如果你们跳舞,却不撞击任何人的铁链,你们还怕什么法律呢?

如果你撕脱你们的衣裳,却不丢弃在任何人行的道上,有谁能把你带去受审呢?

阿法利斯的民众呵,你们纵能闷住鼓音,松却琴弦,但有谁能禁止那云雀不高唱?

理性与热情

于是那女冠又说：请给我们讲理性与热情。

他回答说：

你们的心灵常常是个战场，在战场上，你们的"理性与判断"和你们的"热情与嗜欲"开战。

我恨不能在你们的心灵中做一个调停者，使我可以让你们心中的分子从竞争与衅隙变成合一与和鸣。

但除了你们自己也做个调停者，做个你们心中的各分子的爱者之外，我又能做什么呢？

你们的理性与热情，是你们航行的灵魂的舵与帆。

假如你们的帆或舵破坏了，你们只能泛荡，漂流，或在海中停住。

因为理性独自治理,是一个禁锢的权力,热情不小心的时候,是一个自焚的火焰。

因此,让你们的心灵把理性升到热情之最高点,让它歌唱。

也让心灵用理性来引导你们的热情,让它在每日复活中生存,如同大鸢在它自己的灰烬上高翔。

我愿你们把判断和嗜欲,当作你们家中的两位佳客。

你们自然不能敬礼一客过于他客;因为过分关心于任一客,必要失去两客的友爱与忠诚。

在万山中,当你们坐在白杨的凉荫下,享受那远田与原野的宁静与和平——应当让你们的心在沉静中说:上帝安息在理性中。

当飓暴卷来的时候,狂风震撼林木,雷电宣告穹苍的威严——应当让你们的心在敬畏中说:上帝运行在热情里。

只因你们是上帝大气中之一息,是上帝丛林中之一叶,你们也要同他安息在理性中,运行在热情里。

苦 痛

于是一个妇人说:请给我们谈苦痛。

他说:

你的苦痛是你那包裹知识的皮壳的破裂。

连那果核也是必须破裂的,使果仁可以暴露在阳光中,所以你也必须晓得苦痛。

倘若你能使你的心时常赞叹日常生活的神妙,你苦痛的神妙必不减于你的欢乐;

你要承受你心灵的季候,如同你常常承受从田野上度过的四时。

你要静守,度过你心里凄凉的冬日。

许多的苦痛是你自择的。

那是你身中的医士，医治你病身的苦药。

所以你要信托这医生，静默安宁地吃他的药：

因为他的手腕虽重而辣，却是有冥冥的温柔之手指导着。

他带来的药杯，虽会焚灼你的嘴唇，那陶土却是陶工用他自己神圣的眼泪来润湿调抟而成的。

自 知

于是一个男人说：请给我们讲自知。

他回答说：

在宁静中，你的心知道了白日和黑夜的奥秘。

但你的耳朵渴求听取你心的知识的声音。

你常在意念中所了解的，你愿能从语言中知道。

你愿能用手指去抚触你的赤裸的梦魂。

你要这样做是好的。

你的心灵隐秘的涌泉，必须升溢，吟唱着奔向大海；

你的无穷深处的宝藏，必须在你目前呈现。

但不要用秤来衡量你未知的珍宝，

也不要用杖竿和响带去探测你知识的浅深。

因为"自我"乃是一个无边的海。

不要说,我找到了真理,只要说,我找到了一条真理。

不要说,我找到了灵魂的道路,只要说,我遇见了灵魂在我的道路上行走。

因为灵魂在一切的道路上行走。

灵魂不只在一条道上行走,也不是芦草似的生长。

灵魂像一朵千瓣的莲花,自己开放着。

友 谊

于是一个青年说：请给我们谈友谊。

他回答说：

你的朋友是你的有回应的需求。

他是你用爱播种，用感谢收获的田地。

他是你的饮食，也是你的火炉。

因为你饥渴地奔向他，你向他寻求平安。

当你的朋友向你倾吐胸臆的时候，你不要怕说出心中的"否"，也不要瞒住你心中的"可"。

当他静默的时候，你的心仍要倾听他的心；

因为在友谊里，不用言语，一切的思想，一切的愿望，一切的希冀，都在无声的喜乐中发生而共享了。

当你与朋友别离的时候,不要忧伤;

因为你觉得他最可爱之点,当他不在时愈见清晰,正如登山者从平原上望山峰,也加倍地分明。

愿除了寻求心灵的加深之外,友谊没有别的目的。

因为那只寻求着要显露自身的神秘的爱,不算是爱,只算是一张撒下的网,只网住一些无益的东西。

让你的最佳美的事物,都给你的朋友。

假如他必须知道你潮水的退落,也让他知道你潮水的高涨。

你找他只为消磨光阴的人,还能算作你的朋友么?

你要在生长的时间中去找他。

因为他的时间是满足你的需要,不是填满你的空虚。

在友谊的温柔中,要有欢笑,与相共的喜乐。

因为在那微末事物的甘露中,你的心能寻到他的清晓,而焕发了精神。

时　光

于是一个天文学家说：夫子，时光怎样讲呢？

他回答说：

你要测量那不可量、不能量的时间。

你要按照时辰与季候来调节你的举止，引导你的精神。

你要把时光当作一条溪水，你要坐在岸边，看它流逝。

但那在你里面无时间性的"我"，却觉悟到生命的无穷，

也知道昨日只是今日的回忆，而明日只是今日的梦想。

那在你里面歌唱着、默想着的，仍住在那第一刻在太空散布群星的圈子里。

你们中间谁不觉得他的爱的能力是无穷的呢？

又有谁不觉得那爱，虽是无穷，却是在他本身的中心绕行，不是从这爱的思念移到那爱的思念，也不从这爱的行为移到那爱的行为么？

而且时光岂不也像爱，是不可分析、没有罅隙的么？

但若在你的臆想里，你定要把时光分成季候，那就让每一季候围绕着其他的季候。

也让今日用回忆拥抱着过去，用希望拥抱着将来。

善 恶

于是一位城中的长老说:请给我们谈善恶。

他回答说:

我能谈你们的善性,却不能谈恶性。

因为,什么是"恶",不只是"善"被他自身的饥渴所困苦么?

的确,在"善"饥饿的时候,他肯向黑洞中觅食,渴的时候,他也肯喝死水。

当你与自己合一的时候便是善。

当你不与自己合一的时候,却也不是恶。

因为一个隔断的院宇,不是贼窝,只不过是个隔断的院宇。

一只船失了舵，许会在礁岛间无目的地漂荡，而却不至于沉入海底。

当你努力地要牺牲自己的时候便是善。

当你想法自利的时候，却也不是恶。

因为当你设法自利的时候，你不过是土里的树根，在大地的胸怀中啜吸。

果实自然不能对树根说："你要像我，丰满成熟，永远贡献出你最丰满的一部分。"

因为，在果实，贡献是必须的，正如吸收是树根所必需的一样。

当你在言谈中完全清醒的时候，你是善的，

当你在睡梦中，舌头无意识地摆动的时候，却也不是恶。

连那错误的言语，有时也能激动柔弱的舌头。

当你勇敢地走向目标的时候，你是善的。

你颠顿而行，却也不是恶。

连那些跛者,也不倒行。

但你们这些勇健而迅速的人,要警醒,不要在跛者面前颠顿,还自以为仁慈。

在无数的事上,你是善的,在你不善的时候,你也不是恶的,

你只是流连,荒亡。

可怜那麋鹿不能教给龟鳖快走。

在你冀求你的"大我"的时候,便隐存着你的善性;这种冀求是你们每人心中都有的。

但是对于有的人,这种冀求是奔越归海的急湍,挟带着山野的神秘与林木的讴歌。

在其他的人,是在转弯曲折中迷途的缓流的溪水,在归海的路上滞留。

但是不要让那些冀求深的人,对冀求浅的人说:"你为何这般迟钝?"

因为那真善的人,不问赤裸的人说:"你的衣服在哪里?"也不问那无家的人:"你的房子怎样了?"

美

于是一个诗人说:请给我们谈美。

他回答说:

你到处追求美,除了她自己做了你的道路,引导着你之外,你如何能找着她呢?

除了她做了你的言语的编造者之外,你如何能谈论她呢?

冤抑的、受伤的人说:"美是仁爱的、和柔的,如同一位年轻的母亲,在她自己的光荣中半含着羞涩,在我们中间行走。"

热情的人说:"不,美是一种全能的可畏的东西。暴风似的,撼摇了上天下地。"

疲乏的、忧苦的人说:"美是温柔的微语,在我们心灵中说话。

她的声音传达到我们的寂静中,如同微晕的光,在阴影的恐惧中颤动。"

烦躁的人却说:"我们听见她在万山中叫号,

与她的呼声俱来的,有兽蹄之声,振翼之音,与狮子之吼。"

在夜里守城的人说:"美要与晓暾从东方一齐升起。"

在日中的时候,工人和旅客说:"我们曾看见她凭倚在落日的窗户上俯视大地。"

在冬日,阻雪的人说:"她要和春天一同来临,跳跃于山峰之上。"

在夏日的炎热里,刈者说:"我们曾看见她与秋叶一同跳舞,我们也看见她的发中有一堆白雪。"

这些都是他们关于美的谈说,

实际上，你却不是谈她，只是谈着你那未曾满足的需要，

美不是一种需要，只是一种欢乐，

她不是干渴的口，也不是伸出的空虚的手，

却是发焰的心，陶醉的灵魂。

她不是那你能看见的形象，能听到的歌声，

却是你虽闭目时也能看见的形象，虽掩耳时也能听见的歌声。

她不是犁痕下树皮中的液汁，也不是在兽爪间垂死的禽鸟，

她是一座永远开花的花园，一群永远飞翔的天使。

阿法利斯的民众呵，在生命揭露圣洁的面容的时候的美，就是生命。

但你就是生命，你也是面纱。

美是永生揽镜自照。

但你就是永生，你也是镜子。